致陈宗侃

浮

香草山 著

暨南大學出版社
JINAN UNIVERSITY PRESS

中国·广州

图书在版编目（CIP）数据

浮／香草山著．—广州：暨南大学出版社，2015.12
ISBN 978－7－5668－1671－9

Ⅰ．①浮…　Ⅱ．①香…　Ⅲ．①诗集—中国—当代　Ⅳ．①I227

中国版本图书馆 CIP 数据核字（2015）第 274765 号

浮
著　　者　香草山

出 版 人　徐义雄
责任编辑　李　艺
责任校对　黄　颖
出版发行　暨南大学出版社（广州暨南大学　邮编：510630）
网　　址　http：//www.jnupress.com　http：//press.jnu.edu.cn
电　　话　总编室（8620）85221601
　　　　　营销部（8620）85225284　85228291　85228292（邮购）
排　　版　广州良弓广告有限公司
印　　刷　佛山市浩文彩色印刷有限公司
开　　本　850mm×1168mm　1/32
印　　张　6.625
字　　数　134 千
版　　次　2015 年 12 月第 1 版
印　　次　2015 年 12 月第 1 次
定　　价　20.00 元

自 序

“告诉我你的未来是什么样子?”曾经有位故人对我说。然而，我想当我们站在任何一个时间节点，我永远也无法告诉他我的“未来”是什么样子。我所能够呈现的，并将竭尽全力呈现的就只有“当下”，我们唯一可以共同握住的这短暂的光华。我不知道这“当下的我”在故人眼中是否赏心悦目，但我想要说的是此情此景得以应和当初美丽的初衷，已属不易。你我眼中的世界，虽未必喜乐圆满，却也温润明朗。

一直以为每个人的不同在于知觉的差异。对他人、他物、环境以及自身的觉知能力让我们建立起各自眼中的世界，并以自身的方式去实施长久的情感回馈，实现自身与世界的联结和沟通。艺术家用他的艺术作品，科学家用他的科学技术，而作家则用他的文字。他们的共性在于对生活所饱含的热情。对此，他们不过选取了不同的表达方式。《菜根谭》有言：“若一走入尘寰，无论物不相关，即此身亦属赘旒矣。”于我而言，诗歌即是在尘寰、赘旒之中，“捕风捉影”之事。当然，我所捕之风并非空穴而来，所捉之影亦非出自随意。就像说一个好故事，我认为必先打动自己，才能打动他人。一个人血液里的东西，是无法被过滤掉的。很久以前，对文字所怀有的美好愿景，即便中途易辙，最后也以别样的方式慢慢得以兑现。这是注定不可阻挡之事。可知，自始至终，我不过是沿着时空的线索，将自己还原成最初的样子。我们都被裹挟在赘旒之中，而我只是因太过渴望天空，而不顾一切让自己浮出水面。喜爱便追随，这是世间再简单不过的事情。这其中所历练之疼痛、喜悦，远远看来，亦不过是普天之下又一次旧事重提。然而，即便如《传道书》中所言："我专心用智慧寻求，查究天下所做一切事，乃知神叫世人所经练的是极重的劳苦。我见日光之下所做的一切事，都是虚空，都是捕风。"于我而言，活着，便是依然需要去爱，去照耀的意志。这世间深沉热烈之事，除却死亡，唯有爱能打破僵局。并且，我确信荷尼之言：重要的不是死亡，而是死亡的那一刻你在做什么。我们永远也无法像预知孤独一样预知死亡，只有选择去爱这条可靠的途径。

谈及作者与读者之间的微妙关系，我觉得，一本书，从进入市场，选择读者开始，在某种意义上，就已经与作者失去了瓜葛。小说也好，诗歌也罢，在面见读者前后其实是两个全然不同的情绪周期。前者是作者力比多的自我发酵，相对核心、封闭、独立；而后者是群体碰撞的磁场，更趋向于广阔、发散、立体。两个周期是相续又各自独立的。一本好书可以让二者达成最低成本的情感流通和契合。作为作者，对读者，我并未想要十分苛刻地界定和介入，更多的是一种幻想和期待。就像 R. S. Thomas 所说，有些事情，我们自己就是答案，对于其他人的回应，我们必须包容。我想不管是感情、生活，还是文字，燃烧有法，熄灭有度，懂得拿捏也是一种智慧。

始终觉得一个人行走世间具备自身的姿态是不够的，还要懂得如何建立、维护和修缮他与世间联结的途径。你可以是海水，也可以是火焰，但是要做到清晰时不算计，独立时不隔绝，醒目时不突兀，自持时不冷漠，深入时不沉溺，如此，若即若离，山虚水深，依然可以洞若观火。卡尔维诺说："谁想看清尘世，就应同它保持必要的距离。"大抵也是这层深意。而诗歌给了我这样的无限天地。在这里，我得以洞悉和攫获爱这一本能，并与之向我所铺开的天地情意相通。在人生的羁旅当中，我们时而缓慢，时而匆忙，我确信时刻保持咀嚼和反刍的能力，保持对光与热的直觉，保持一定的灵性，不管对人还是对事，不计报偿地去爱，可以让我们返老还童。

"是你让我想要努力地活着。"故人曾对我说。如今，不知这无声的回应能否热烈到照耀彼此一生。我庆幸，你我眼中的世界，像诗歌一样纯粹，要么爱，要么死，没有第三种侥幸，这是多么勇敢单纯的事。

香草山

二〇一五年十月于广州

目　录

辑一　风月·与杜拉斯无关

是月夜
树影婆娑
我们不说话
小迈步

愿每颗柔软的心
勿失良辰

早　秋

巷口
有人种上了向日葵
人们传说中
她和太阳的关系
仍然
未见分晓

天空把头再抬高一点
空气再轻浮一点
风开始咬紧皮包骨
就是时候了

那尾鱼
在人群里
不带声响地游过
下巴扬起
蝴蝶骨开得凌厉

原谅她

不得不在寂静的夜里
乔装成一名女子
藏好腹中
蠢蠢欲动的刺

她是来取人间烟火的
哪怕寻觅
往往　遥遥无期

噩　梦

猫爪从我脸上挠过
他将我所有的过往
对着　次日
和盘托出

凌晨三点零三分
最后一碗汤药
被打翻

我的房间什么也没有　除了床

那是被撕咬过的天空
碎得厉害
躺下来
我就害怕
云朵　一朵一朵
砸向我

终于
我等来一只大鸟
他张开翅膀
把我盖住

四目相对

他说
面对我的时候
眼里不再有破碎的天空

然而　卑鄙的是

我总是盘算着

让他忘掉　飞翔这回事

第三种关系

我是夜晚的你
你是白日的我
我们交替着生活
那么接近火焰
就像飞蛾

我说，痞子

在街头
我对着你淋湿的背脊：
回家吧　痞子
你头也不回朝大雨蹚去
那背曾经多么宽阔呀
就像河流
可以奔腾千里昼夜不息
而现在　你
流淌着的　在这烟火缭绕的城市
被烘干
回家吧　痞子
我想不到更适合你的
荒唐之处
从前　为了把你从那里牵扯出来
我们精心制造了一个幻想
是时候　恳求
命运狠狠地给我们一记耳光
不再遇上

也不要告诉我
霜　还未硬朗起来
而你的村庄　已经年老色衰

房　子

然后　一认真
安静地忙活起来
房子就渐渐丰腴了
他们　跺着脚
都想挤进来
我又高兴　又害怕

好不容易
把心收拾妥当

要替我守好门
挡住每一丝空穴来风

是风和日丽的日子
我出门时
是披星戴月
我归来时
你
我那寸步不离的房子

在你离开的午后

在你离开的
午后　我怀里多了一个
玻璃罐子
他像海水一般潮湿

你还记不记得
隔壁家里那只猫　老爱梦游
在你离开的
午后　打着眊的耳朵　每天
从家门口路过
口水直流

我敢打赌　他和你一样孩子气
除了鱼
他也喜欢玩游戏
在你离开的
午后　他索性钻进墙上的相框里
别过头去
微笑地看着你

变奏曲

你一直唱着歌
因此
我有了动听的耳朵

你喜爱恶作剧
昨晚
藏起了我的旧雨伞

你以为
我喜爱水流
才会走向大海

可是啊
你可知道
大海偷了你的歌喉

你还会唱歌
也还会有动听的耳朵

我还会走向大海

远远坐下

用一生去相信　聆听

等待灌溉

挽　歌

真相　把刀
藏在我的舌头下
当谎言乘着血液
从我口中
喷涌而出时
一切为时已晚

葬礼很隆重
钟爱的月光
分解成水母
在人群中游戈
然后我看到了你
没有泪
只是微微抖动着肩膀
逢着人就说：
你可知道　她的眼睛可以滴出水来
于是　我闭上眼睛
对着人群
替你淌出泪来

小木屋

是否
在树的血脉里
在闪电击退的黄昏
在每一次不知所踪

多少年了
我向风探听你的踪迹
却不得消息

狡黠的眼珠不停地转动　转动
我寸步难行

我知道暴风骤雨
正在肆虐而来的途中
自由的脚踝
将受损

而你呀　是否
在某个月光皎洁的高处

诚恳地打量着世界
不说话
仿佛刚刚睡醒
还是
在沉默中爬行
渴望着更好的风景

启　程

就这样
奔向荒芜的小路
荆棘遇到手指
暴戾的本性　一次用尽
脸颊被夏日踩过
心情是一样鲜活的瘀青
前方路上　透亮的大镜子
巨石阵
褐色鸟雀失去记忆和年龄
看到我
他们骤然苏醒
紧闭已久的歌喉
开始歌颂
我回过头
镜子里走进了我的道路
背景
漂浮着大胆的黎明

有时候我想

有时候
我想　爬上一棵高高的树
没有雨水
四下挂着不同尺寸的鞋子

蜗牛在散步

心长满叶子
风一来
就起伏
我们
相互诉说

我们都有一个精致的小箱子
里面盛满各自的故事

灰色花园

那个破旧的坍塌世界
衰老与自由和平相处

猫
四月份搬来
没有什么行李
除了一把缺牙的木梳子
生活一切照旧
大半时间昂着头
享受着深爱的人们
相互咒骂
这可比从前主人家珍藏的黑胶碟
打动人心

一天
荆棘鸟挂在阁楼顶上
哑然而亡
死前他还在唱着那只老歌

大门已经敞开
所有被捆绑的
年轻的或已年迈
请进来

意　象

十点四十四分
威尼斯水号　列车

靠窗的女孩
对着他笑的时候
眼角有细碎的鱼尾纹

去到不同的地方
失去这一刻
知觉　是否为了
还未摄入的照片　深邃
内容丰富

灵感不曾留给我们呈现的机会
只是　优雅地掠过
诱惑我们用蹩脚的方式去献丑

害怕触摸
沉寂已久　浮出水面的

那长久的一瞬间

害怕触摸
你踩单车　缓慢经过
树荫下　那条微凉的小路
现在森林已经饱满
而我们什么也没有留下
爬过时间的幽暗　腐朽
不死心地
我们什么也没有留下

只有意象在森林最深处
摇晃着枝丫
在月光皎洁时
静静绽放

夜起身了
天灯开始闹剧人间

与杜拉斯无关

成天上树的日子
慢板如诉
柯西莫临风而立的王国
赦免了
物质生活
漫长的缺席

平静的生活
玛格丽特·杜拉斯的领地
戏剧　高潮迭起

毁灭　她说
黑夜号轮船
痛苦　死亡的疾病　涨满帆
契诃夫的海鸥
吞噬的阵型
白色的歌声　迎接
坐在走廊上的男人
年轻的姑娘和小孩

一阵夏雨　憩息
在　伊甸影院
深沉的穹顶
在夏日夜晚十点半
剧目上
加尔各答的荒漠里　她的名字
叫　威尼斯

去爱吧　孩子们
绿眼睛黑头发　与
蓝眼睛黑头发
甚至所有　厚颜无耻的人
成为情人

明日
外面的世界
悬挂着　黄色太阳

蓝色妖姬

当自由的大门向我们敞开
当纯白的玫瑰深爱着大海
哦　蓝色妖姬
上帝赠予他们的孩子
有着父亲的肤色
母亲的意志

在所有爱的节日
我们轻柔地呼唤着
她的名字

当众水不能熄灭的
如约而至
奇迹就不再是沧海遗珠
那么　见证
永恒被这柔弱的躯干托起

哦　蓝色妖姬
在所有爱的节日里

我们轻柔地呼唤着
她的名字

当爱的大门向我们敞开
在所有开始和离别
适合你出现的地点　时刻
我都将赠予你
这美丽而柔弱的表象
关于她所承袭的意志
让我们在路上
去完成

若我变成这样这样小

走过路旁树木的时候　我在想
若变成蚂蚁　蚊子
水滴　多好
或是更加轻盈细小的样子
那么
树木在我的眼中是森林
河流是大海
风吹来的是季节
每片新叶可以冒充一个春天

小镇的路标在世界地图上
闪闪夺目
我习惯低垂　平视的目光啊
终于可以瞻仰
可以瞭望
那是多么美的事情
连想都不敢想

等等　等等

等等　等等

我突然想起
还有　痛苦　疾病
哀伤这样的事情
想起
世界总还怀抱着另外的世界
况且
我若变成这样这样小
如何与你们并肩而行

答应你们
我不会分裂　在时光的刀刃下
在爱的领域
我无止境
不过得先告诉我
这两样　你们偏爱哪一种

窃　贼

蝙蝠
也蹑手蹑脚上路了

柳絮　染过的季节
知了　风
人与人之间
不常这样
时光和心　是齿轮
吻合是我们错过的
咬痕

马齿苋
顺着光　搁浅的路线
蜿蜒
寻找蝙蝠藏匿的神秘配方
把自己进化成流行的形状

吻合是柳絮的无数朵
散开人间

在
偷得配方以前
我想撬开每一个痛苦的锁眼
看看里面　是否
别有洞天

出远门

不再相信火车了
这聒噪的蛇
粗糙地将那么多时日吞下
我们都来不及消化
所以
剩下的路留给脚下

把自己交付给阳光
好的时候
褪去一层皮
电梯里堵塞的耳朵也要开始歌唱了

自行车长锈了吧
枯枝快顶到它的下巴
似乎　我又错过了
南方　一个电闪雷鸣的季节

丢失了一匹马
可我不打算放弃驰骋

整个草原
借着篝火
我在沙滩上大胆地
参与了风的遐想
我感觉到春天摇摇欲坠
习惯走在人群的最后
只是贪婪地不想错过
全景

病好了
从床上起身
紧紧抓住地图
我已经准备好了
迎接破土的第一声

那些为时不晚的事

等日子凉爽
生活的掌心给你拧出新的纹路
一道朴素的痕迹　可以是
手腕上的疤
旅程中飞过的天空
也可以是
想起一个人
伸出手去接住黄昏　游到心里
轻轻浮动

谁能保证
一个星空璀璨的夜晚不被打翻
火光洒落一地

当你越过时间的羽翼
栖居在高楼或山脊
俯下身去亲吻一只蝴蝶的时候
早　或者晚
又有何干

没有什么比一个雨夜
给你的倾诉
更踏实
我已经听到　秋
滴着蜜意
萧瑟而来

辑二 彼岸·南方之夜

那只美丽的狮子
已从远方归来
为我衔来他处的人间烟火
于是　我笑着
清楚着　自己
离死期不远

我知道
在此以前
一切的哀愁和欢愉
不过是为了鉴照你
所作的柔弱铺垫

胆小鬼

说起你的时候
他们向我撒开网
似乎　在我这里
可以捕获关于你的冒险

而我不开口
面对过早认定的熄灭
拒绝
任何把你纳入茶余饭后的企图

文明的时代
讲究秩序　和对号入座
有人燃烧
便有人隔岸观火

我害怕温柔地追问
害怕目睹每一次死去活来
都将在季节的更迭中
慢慢呈现

时常挂着泪
只是预支悲悯
在最坏的时刻
我仍然可以对着大海
将自己
孤注一掷

你的传奇
鱼知道
珊瑚知道
沉落的船儿知道
就够了

我来了　就不走了

赶着星星
到达　白垩纪
原始的蛮荒强化我的肉体
瘦骨嶙峋的美丽

我害怕把用尽了的故事
复述给你
因而
把宇宙翻了个遍

探险是漂浮的子宫
白羽　沧桑如土
拒绝重复　坠落

为了约定的虔诚
把自己固定
模仿耶稣
不！不要埋下你那美丽的头颅
即使　比起任何人

我更期待你成为救世主
即使　痛苦要把你抽干
升起你的双眼
我们的言语来自星空

告诉我
你还在飞驰
轻盈带起沉重

若有一天
我断了火源
滚落人间
清冷成烟
而我厌恶的
散落时空　随处可见
那我们为之前往的
用血液　这
生与灭的符号来庆祝吧

让我们举杯
斟满对方死去的鲜艳

我来了　就

不走了

多年前容纳我的子宫
逃过了
被两口枯井注视的命运

游　泳

拨开前世的水
在耳边
你许给我　青色莲花
然而　你是否领悟
爱情　那偏激的性子
她的世界只有一个君王

你说　我是一颗火
溺在水中
为了试探生命的全部
深浅

看你开花还不够
我期待　你
结出好的果实
并有种子可以
落上岸头

我管一些叫做奢侈

在另一个城市
穿过街道
你往家走
手中的鱼
一张一翕
还在试图抽动
这无动于衷的世界

大概有些声响
因为耳朵的挑剔
而陨灭

我也往家走
早秋的落叶　偶尔
扑落在脸上
这　脱胎换骨的疼

仔细过马路
穿过许多眼睛运动的球场

雨伞又被我落下了
走走停停的坏毛病

拭干双脚进屋
我好像习惯
面对你的时候
一切　滴水不漏

而你　站在渡口
摆动着你透明的船儿
一会儿　深入云端
一会儿　埋进大地
日积月累
满载而归

所以　忍不住
我要把他们收进眼眶
见你的时候
雨水归来
满目照耀

瞳　孔

我遇着一个人
看他的时候
想起孩提时的游戏
那时候我的兜里　总能
翻出闪烁的玻璃

我想他曾穿过许多神秘的洞穴
才披上这瓦蓝的微光

我在寻找一种颜色
与一个绝无仅有的时刻类似

他站在水边
连同整个世界
水面撕开巨大的伤口
我们掉入水中　下沉
水里面　我遇见他的瞳孔
一只晶莹　一只朦胧
如同发着光遥远的旧梦

两座城池

一座是你
另一座被你遗弃

你把你的城
拱手让给一切
我把一切拱手让给你

你不知道的事

你骑着彗星尾巴
从火星而来

我厌倦了扑克牌
一样僵硬苍白的面孔
他们的游戏
大致相同

我喜爱
你漂浮的姿态
像脚下山谷里的风
单薄而轻盈

仰望是虔诚的陷阱
除了降落的灰尘
还在等待一颗漂泊却怦然的心

你是会唱歌的幽灵
可以带我飞

可以给我光和热

我是高山上的鸢尾
贪恋一切遗世独立的美

我见过你
在某个雨后的清晨
你披着阳光织的斗篷
而我正准备启程

你不知道的事
以后细细说与你听

失　眠

摊开诗集
当中任何一页
在这样的时刻
来吟咏

总在寻找
所谓的最好时刻
却在挥霍后
才发现
他一直是信手拈来

一个城市的夏夜
不该如此保守
乖巧

你留下的半截蜡烛
派上用场
原谅我贪心地　想要
把他留给更深的夜

写信

我那么肯定　我的字

嗅觉灵敏

可以奔向那个明明白白的人

于是故意失去名字

失去地址

然而

我难受的是

睡着的蚊子

在梦中依然渴望着血液的甜美

以及

始终无法通过一切

只能精心筛选　向你诉说

这无力的欠缺

也是在这样的夜晚

被你反复吟咏着

是否光阴太深

我们只是拍打着水面

来不及

让自己下沉

理想主义

云儿跟着我

我加快脚步
他追上来
我累了
他坐下休憩

他的脸像你
是新生的无瑕

我得经过一处沼泽
才能到家

我在让
我　冒险
我在让
我　充满罪恶感
我在让
我　陷入
我在让
我　无家可归

十二点零一分收到一封信

我不理解力量感
只知道
你的一句话
让我有足够的底气
继续　不动声色
过滤一个个百无聊赖的问题或回答

可以紧紧攥住的
却总是松开
是否给予了生活
太多的余地
它才会肆无忌惮地装疯卖傻
而对于你　总是
太多期待
太多离奇
不曾怠慢

当
拉长的脖子

苦苦等待
有趣的故事

我们已经悄然开始

前　方

在我们认清这个世界
很久以前
路已长远

所有疲累重叠的步伐
经几许光年
无法抵达终点

起初　我只是害怕
路太窄
我们无法并肩而行
只能交换眼中彼此的背影
而现在　我再也不敢在困倦时候
闭上眼睛

一天
那拥攘而一致的人群
会把我们压得变形

除却这正走向死亡的美丽皮囊

失散后

我们是否可以再度相认

一如昨日里

无法触碰的

相融

不到十点　把灯捻灭

我期待有个人
对我说一句话
让我脚趾张开
毛发耸起

当一只年轻的狮子
厌倦了洞穴
借着星光
含着酒
横渡溪流

也许你迫不及待地
要对他开口

火　焰

午后　日头微恙
经过一段矮墙
芦草探出头来
四处张望

我们一同走过的地方
是否也有那院落里
无人整饬的忧伤

盲
我引着你
埋葬已久的瓷器
色彩明丽
从未停止厚重的呼吸

是否月光太清冽
才会临照人间
投入枝丫的怀抱
交织成淡绿的火焰 -

散落在你肩头
明灭

黑暗中
你低回的耳语
辽阔无垠
可我知道
那是我们破晓的秘密

我是火焰
我是火焰
在你深邃的纹路间
雀跃

送你一座岛屿

送你一座岛屿
绕过这片墨绿森林
在我手指方向
一起牧羊

时间如同我们的羊群一般温顺
太阳爱上了旅行
爬上头顶
落进你额头安宁的陷阱
海水在你眼中
不曾退去

一切都是满月

清晨
你用眼睛照耀太阳
牙齿冲洗层层海浪

我们属于这样的地方

今日是读书日

你替我们选择了眼睛的路线
从眼角到眼尾
中间隔着湖水
一人走一边

中午十二点
无数拥挤旋转的太阳
滤去凝重的黄
浸在水间

你总是担心我弄脏了自己
于是将我高高地托起
越过所有肮脏

你可知道
积怨已久的他们
要把你拽到欲望的面前
就地处决

世界上还有核桃和杏仁
而你却偏爱眼睛
这爱的衍生品

抵挡太平洋的堤坝
倒下去　只是结局的一种

我明白
这善意的世界
画家失去的
不过是只左耳

和　鸣

我们蹚过旋律对视
白蝶循声飞过
那叫不上名字的颤动　一小节　连着
一小节　是
和弦

试探的指尖
坠入沟壑
深深浅浅　呼应着嗓子
痛却甜蜜着

他们是狄奥尼索斯的杰作
还有你
蝴蝶洲公园
一个淡蓝的午后

有些事　一次就已足够
譬如死亡　以及
这样浓郁的时光

请给我源源不断　明确痛苦
就像　默许茧的发生
在淡蓝的午后
我将和你一样　长出坚硬的手指

看不见的沟壑　与看得见的
渐次填满
当　我们
匍匐在每个日子的脚下
坚硬的手指仍然拽住一片天空

我们蹚过生活对视
有那么一次　成为
彼此　精神的大流士
是否已经足够?

在无爱的疆土
痛苦啊　将溃烂成谜

我们一一穿过

我们穿过一场黑白电影
得到一个落满灰尘的好故事

我们穿过稚嫩的草坪
了解春的心意

我们穿过夜晚的广场
染上意兴阑珊的神情

我们穿过雾霾
被滤得透明

我们穿过沙漠
干涸啊　不再是梦魇

我们穿过大海
明白了方向

我们穿过飓风

生活的风暴在纸上嘶吼

我们穿过河流　深谷　雪山
湖泊　森林　人群
内心谦悯而丰盛

我们穿过
一一穿过
不回头
我们穿过
一一穿过
时光隧道
至于停留　那是
暮色四合时
我们交付给彼此
双手合十的样子

忘了跟你说

忘了跟你说
我又翻了翻你的旧物
杯子　雨伞
表情戏谑的玩偶
将他们一一收起
收起　你抿一口清茶时
不动声色的点滴
收起
大雨滂沱的夜晚
我们是被荫庇的孩子
投给彼此　无限天地
至于　那些玩偶
跟着你久了　他们要用余下的人生
复习你的口吻
嘿　就让他们去糊弄
失去游戏　等同于
失去生命

还有那些带不走的

进入洞穴
冬眠

不知道
还有多少个凛冬
等着我们一同啜饮
欲雪未雪的惶恐

不知道
还有多少个星辰满天的夜晚
让我们把心掏尽了
去憎恨

要知道
一个满脸胡楂的男人
倘若捂住的是
一颗孩童的心
既要撒泼出顽劣
又要破解王者的谜题
需要多么玲珑的力
多么投入光与影的奥秘

要知道

相互凝视的镜子
任何一个被打破
都无法自圆其说

要知道
多少次
大地捧起水滴
透彻心扉的堕落
人间才可以
由白走到洁白
这覆水难收的爱

南方之夜

靛蓝的南方之夜
我已记不得许多
月亮染上了我那久治不愈的病
眉眼处　几分
散不去的

翡翠溶化了树冠
洒下一地温润　梦
长椅和衣躺下　无声地
应和

九月　柔和地收拢

你滴落在我手心的忧愁
细腻得像糕点
让这丰腴的季节垂涎

我们曾在这里坐下　还有
画眉采风的尾巴

太阳热情地款待了我们
温柔地陪我们坐下
秋水奉上清茶　一盏

我已不期待　许多
什么时候　你来
接过这　靛蓝的木吉他
就着良夜
浅唱

可别说话
别惊扰了多年的牵挂
告诉我
那簌簌落下的只是尘土吗
还是其他

不　许

不许惊动我的忧伤
让他们凝固在孪生的琥珀中
或者弥留在睫毛上

不许找寻我的脉搏
洞悉我的节奏

不许告诉我
心情不好就去剪了个寸头
该失去的你都已经失去
剩下的　去悬赏
等待心灵的捕手

不许告诉我
时间是个巨大的鸡毛掸子
一阵轻舞
就把那云烟落到千里之外
总也忘了
最后我们都被温柔地覆盖

不许承诺
风月无边
我只要逡巡而过

隔着窗　看天桥上漫过的光

我手指发抖
点不了蜡烛
提不了灯
给不了你一个敞亮的殿堂

在一个没有庙宇的地方
我只能巴望着
一些更深露重的夜晚
对窗　盘腿坐下
诵经

我的骑士
他隐姓埋名
把痛　捋得云淡风轻

所以
鞭长莫及的时候
我给自己制造幻想
用右手教左手

怎样燃起一枝玫瑰
当她面对葬礼和爱情时一样
习以为常

多少次
卑微从中作梗
我藏好自己的来龙去脉
翻开虚张声势的明天

千与千寻

于是我也想象在这样的夜晚
双脚在阳台垂下
下面是海水
月光流下来
薄薄的一层
浮在海面上
就像那过去的时光
轻轻摆动

你站在我身后
不远处
呼吸平整
你也望着海
出了神

越年轻越耽于幻想
迷恋冒险
越老越懂得拿捏的智慧
捧着日子　细细掂量

我们把自己收拾妥当
一副随时可以出发的样子
调动全身细胞
却不靠近

你指给我出路
嘱咐我
不可以回头
我乖巧地一直一直往前走
是为了在彼岸
呼唤出你的名字

知道吗
若是你来煎药
就允许他们给我好不了的伤

还能和你说些什么呢

况且　我最不赶的就是时间
不需要任何理由
就相见
对你　不需要准备的
衣服　心情
和昂贵香水

我想对你说
我们走了一年还没有到尽头
那条街道歪了
不消几分钟
一个人　摇摇晃晃
就踩完了
还有
我总能看到
一只饥饿的兔子
大热天里　还系着围巾
四处觅食
我感觉

我足够了解他
就像了解我的脚趾
二十四小时里
变化的温度和尺寸

别傻了
那无辜　天真的表情
只是用来蛊惑路人
我知道
他有多饥饿
就会拒绝多少施舍

有人约我去动物园
那就去吧
总好过对着墙上的照片
照片上和我一样的脸
想到她偷走了我的时间
还预谋着一切
我就要把喉咙给吼出来
可是翻遍房间
我找不到鞋子

终于让我逮到这一天

光脚踩在街道上的危险
咸咸的

走出门
我又看到照片里的她
拖着巨大的行李箱
准备去收纳整个世界
黑的　白的
都不拒绝
那是在去年十月底吧
我站在啤酒瓶碎片里
似乎也跟着醉了一场

别说了
趁夜色如水
我要的又何止是今夜

那是你的日子

半干的长发
习惯了你的手指
梳理旧物件的时候
也不过如此轻柔吧

听到她喜爱的歌
你眼光闪烁
长途汽车
开始颠簸的时候　不如
把目光锁定在前方
至少
不变的空茫
让你稍许安稳
与其　左　右
失望的反馈
你的心显然已经装不下
无意间掉落的一层层灰色
只留给我的
顺流而下

从你明日的笔尖

和另一个女人
会聊些什么呢
当新鲜的肉体
逐渐冷却

乌云背对着太阳
含苞待放的光
就要吐露一切

我是神宠幸的孩子
换上夏娃的脸谱
在你的午夜登场
而你手中紧握着你的
另一根肋骨

黑暗中
是谁潜入了谁的高潮
制造了这场须臾的狂欢

辑三 城市·乌鸦成群飞过

城市里
一些窈陷的屋顶
拽住昨日暴雨的影子
有时候　我们只是忽略了
太阳已经升起
这个庸常的事实

现世安稳
是馈赠
也是最好的刑罚

否　则

穿过你月光的身体
痛苦夭折
在我的心里
否则　是要永不瞑目的

言语拉满弓
穿过脚踝　使我寸步难行

去山中
寻找最后一夜
否则　是要失去初夜甜蜜的惶恐

车　摇着
影子　里面　飞速穿行
照片　分娩出一小半剧情
别等
否则　是要孤独嗫嚅了喧响的年龄

我有着好奇的毛病

午夜咖啡搅碎的虚荣
好像白天翻过身去　将自己
一遍遍
否定
与黑夜　老死不相往来

迎接你的
必定先是
心
然后神情　其他
否则　是要失去
不再觉醒

灌入这交叉污染的世界
披上干净透彻的黑
否则　是要恹恹笙歌
将你削落成灰

巴洛克把脸贴在洗手间门口
水果摊贩为了达达主义
斗得头破血流
我有着好奇的毛病
这年头地震不断

低处的爬上来
高高的垫在脚底
我开垦了你的土地
你占有了我的床

原来
我们互不相欠

缩　影

车停了

卸下这城市的期待

方向盘上　那双手

带着货物驱向

下一个未知的目的地

二郎腿跷在　街边

等待着小贩灰尘中的晚饭

摇晃的灯泡　照得他的脸营养不良

肩上是

堆积起来的突兀

尘土

他们

在这谄媚的城市散落　过活

它在狂奔

双耳

在风中起伏

无法揣测　前路

这一刻
许多故事
不过　鱼眼过滤的城市
缩影
再多的情节
记住
你要一眼攫住他的核心

要漫无目的的
要百无聊赖的

我几乎被它盲目地
裂开着嘴　保持着
毫无羞耻
而感动

告诉我　快乐是什么样子

口袋空空
却有着天地
我承认　暂且
和广阔　我们还有些暧昧关系
阴影来时
安慰彼此：
只要这世界还有人把
自由　和生活当做一种奢侈
我们就不会白白送死

唱　片

入夜
歌声便浮起来
或紧或慢　或高亢
或低沉
我站在巨大的唱片中央
看着那些人循着轨迹
不断盘旋

他们呼啸而过
音色单薄而寂寞

黑暗中闪烁的光点
游荡在不同的圆圈
看不见那根　他们拴在自己
腰际的线

就如同我　看不见
黑色羽毛
下　熄灭的光点

风起　铺满大地
再也没有什么可以遮盖
那些　漫无目的转动的躯体

我　还在原地
闭上眼睛
四周　歌声迭起

自　由

一群蓝帽子
穿过街道
走来
对着我们
虎视眈眈

布满血丝的双眼
要解开我们文明的纽扣
污黑的指甲
要触碰我们古老的典籍

愤怒！
要把那蓝
整个地
拧下

在笼中
我们摸不到
自己的边缘

只有向敌人
投放无形的匕首
不知轻重地迫害

夜深了
蓝帽子还在敲敲打打
创造新的裂痕
我们也累了
禁止了无趣的游戏
投放匕首的手
折叠着放在胸口

在梦中
我们衣着邋遢
话语污秽不堪
匕首雨点般洒向我们
自由不再向我们漫天要价

门

一直站在那里
听风
赏雨
看戏
时常高昂着头
时常又把头埋进怀里
两个世界　涂满油彩
两个世界　各自荼靡
可都逃脱不了　命定的深深孤寂
都期待　被开启

他想说　来吧
来屋里
真心或假意

钥匙卡在爬向坟墓的手里

痣

脐带让风给咬断

在雪夜被遗弃
人们发现　他胸口有颗
痣

他学会了　说话
颤抖的手指
又爱上了写字
断断续续
都是关于那颗痣

疯子
人们给了他动听名字
绿莹莹的光
照着他的脊背
冷

腾出半个心房

让那颗心爱的痣进去　冬眠
另一半　开始倒向目光

冷和光
他就在这场格斗中
分裂　死亡

没有丧礼
一切从简
如同它的名字
两个字　就归纳了许多人
一生

战　争

从父亲手中接过的书籍
是我们向往的传奇
和平年代
倒下的声音里
缓缓升起一面旗帜

我们穿上各自的隐身衣
据说可以所向披靡

没有伤口　血流
没有葬礼
年轻的橄榄枝
纷纷倒下
成为我们手中骄傲的兵器

胜利不属于血肉模糊的你我
属于这安然无恙的世界

小小的早晨

太阳爬上额头
踱着鹅黄的步子

风紧跟在后头
翻越一页清凉的故事

知道么
你送我的羽毛
去年冬天住进了一只跛脚的蚂蚁
路过时　地板扑通　扑通
仿佛收获了爱情

沙发上
干哑的喉咙被吵醒
昨夜和酒杯碰过面
他们多年未见

大卫
支着脑袋

灰色的眼睛　滴溜溜
这条七岁的老狗
在思考　今天的早餐是炖肉还是火腿

一个小小的
呼吸的早晨

一切还未开始
一切已经远去

一　天

别去想鞋子
还有什么比赤脚更亲切的方式
当你开始环游世界

抚摸孩童细柔的发丝
你也跟着细柔起来

油彩赖着天空
哦　你也曾想做个画家
现在　天空是你的画布
斑斓却是你摒弃的主题

将会有场可口的雨
在干渴已久的城市飘落
还有什么比这更加美好的事情

石头　树干　苔藓
他们的体温
指给我　泪水的流向

蝴蝶是你的言语
大海是我们的道路

你总爱把最好的藏起
让人间丧失一部分美丽

是什么让你颤抖

列车中
无数站立的墓碑
穿过厚厚的铁皮
无耻地挺起

抽干了血液的车厘子
脖子耷拉在天花板上
白森森的光
滴落在地

用话语讲述一切
用黑暗赞美光明
给悦目处以极刑
先扎破他的眼睛

直到影子倒进身体里
永远不再升起

是什么让你颤抖

只想穿过铁皮
是什么让你无地自容
预先目睹自己的宿命

在天台

你以为把自己举高
就可以掏尽天空
却忘了黑夜　作祟的
顺序常常是
自上而下

风越过远处绵延的山顶
凌厉的脚爪
伸来
从不打算空手而归

在那栏杆上
没有人触摸的地方
我抓到了一颗被遗弃的心

还有余温
深深地褶皱
让我猜度他的年龄

还有时间

留下

还是去寻找他的主人

在天台

一个适合道别的地方

跟我走吧

别让他们轻易得逞

病

你企图逃离　结果
孱弱不堪的喘息
那彼岸的她　正优雅地筹备着投降仪式

从染上他的那一刻开始
富有节奏
灰蓝色笨拙的烟圈
接着呜咽　颤抖
最后才是药

别笑
节省些体力来弯腰
向真正的王者
我们随时可以　垂危
尽管上一秒步伐矫健

每个人的症状不同
但不得不承认
每个人都是帮凶

审判罪人是天经地义的事
对此他也表示认同

时间是他唯一的敌手

流　言

人群中间书写　让我觉得安全
灵感的跳蚤　尚未成年
不费劲地耕耘
总有些地方
让我们看清自己的来路
绕过一处

聒噪的嘴巴和聚集的人群
相互吸引
交替的眼色是巨大的磁场
世界被野蜂占领　嗡嗡作响

我不想说
这让我想起
老家墙上挂着的照片
右边的钉子挣脱了压迫
一列整齐的脖子向大地倾斜
等待着从喉咙里长出的刀刃

路过的不过是个江湖郎中
诊断不一定高明

在一年的最后一天

而我呢
在一堆符号里漫游
他们由来已久
走过历史的长路
解构　结构
交替着完成

站在架子上　严肃　端正
让我的尾声
无限接近真相
哦　那不值一提的真相

翻开他们
世界仿佛涂上一层薄薄的蜂蜜
温温的
饥饿被无声地给养
彻夜不休

最后一天

都忙着清算
像收获时节的蚂蚁
在周围摩拳擦掌

他们看不见
我也看不见
可能　我一无所获

我理解一切的不解
有的眼睛只认识血肉
而有的只承认
美丽的骨头
思想的气泡在里面徜徉
陈旧的符号成为导管
输送到白日之下
被肢解或小心收藏

在一年的最后一天
我和往常一样
冒着徒劳无获的风险

我们要慢慢习惯

我们要慢慢习惯
嘴巴说出的话　就像
习惯玫瑰的刺

我们要慢慢习惯
埋下的头颅　就像
习惯巨幅广告捅破天空

我们要慢慢习惯
海水吞噬一座古老城市　就像
习惯额头渐渐堆起的皱纹

我们要慢慢习惯
土地被高楼覆盖　就像
习惯太阳被乌云遮蔽

我们要慢慢习惯
肉毒杆菌和硅胶　就像
肿瘤和阑尾习惯手术刀

我们要慢慢习惯
悠闲地跨过街道　不戴口罩　就像
男人习惯将尼古丁当做良药

我们要慢慢习惯
X元素超标的水　就像
习惯一杯加多了糖的咖啡

我们要慢慢习惯
光秃秃的森林　裸露的土地　就像
习惯监狱里盛行的发型

我们要慢慢习惯
暴力　就像
非洲难民习惯饥饿和瘟疫

我们要慢慢习惯
战争　就像
习惯广岛和长崎扭曲的尸体

我们要慢慢习惯
习惯　所有

习惯

习惯无数次被践踏　被
无边
污染

生活呀　有时候真像这么回事
只是各种各样的习惯

我不再有衣裳

那撕裂云朵的可是晴朗
那晴朗怀抱的可是一个　明朗的早晨
那早晨可是我们
苏醒的时光
那时光可是参差不齐的幻象
那幻象可是卸掉的烟熏妆
那烟熏妆可是你人群中的扮相
不是

一切都不是

当我误闯了
化装舞会的现场
骑士　精灵　祭司
每个身份都有与之对应的皮囊

而我　站在原地
脸色很差
他们围着我　问长问短

占卜师摇一摇手中的法器
来吧　孩子　我要代替命运为你演算星象
来吧　孩子　顺着我的方向
你会找到合适的衣裳

哦　方向
自从我丢失了爱的罗盘
他去
往　向　南　地　方
还是
往　南　地　方　向

我不再有衣裳

星期五的晚上　停了　会儿电

时间太短
来不及收紧惊讶的牙关
毕竟　星期五　被选中
想想也合理
他似乎总与黑色有染

锅里的汤还在咕噜咕噜响
饥饿的余温在叫嚷
毕竟　二十点四十七分　被选中
歌手正要从幕后暴露
大王和小鬼在抽屉闷了太久
僵尸家族打起了算盘

僵硬的手指还抓着遥控器
扑克牌家族屏住呼吸

谁能忍受狂欢的断片
谁能在迫近死亡的时候
不捣弄出一星半点

发自肺腑的
声响

楼上楼下　地板
咚咚哐哐
蜡烛　蜡烛
点亮　点亮
没有火源　墓畔哀歌
在东方
汇成交响乐

哦　多么耐人寻味的起伏跌宕
相信沸腾的年龄
可以　点燃一切
如同相信
终点始终与我们隔着一段距离

辜负却从不辜负
他所照看的一切

大概二十二点零七分
隔壁传来鼾声
这诡异的信号瞬间扯亮了世界

众人的欢乐提前退场
今夜　黑暗降服的又何止是光明

辜负后固执地等
沉潜
在黑暗的羽翼下
悄悄抵达心中的应许之地

我是只猫
黑暗是我的格调
拆穿　是我的本能
喵——

周末的办公室

这些天来
一直看医生
大病初愈的样子
拒绝暴露给灯光

周末的办公室
可以没有灯
大脑是个灯泡　瓦数很高
走到哪里都是光

有一种　莫名
呼之欲出

杯子、椅子　空了
流动的饥渴　走漏了
复制的表情　松了
会议室　也空了
勉强聚集的　散了

喋喋不休走了
心不在焉走了
野心勃勃也走了
我像个羸弱的傻子
和计算机　打印机　相映成趣

哼　这些目中无人的家伙
依仗着人们的依赖
周一到周五
出尽了风头

剪径　和速度
挑战着造物主的权威

总有一天
他们也要直立行走
而我们
因为　忘记
拿刀叉　忘记
握笔的手
将走向精神的轮椅

黑暗是腐朽的温床

面目全非　用不了等太久
只要有了局部恶化的兆头

周一到周五的余味还在
大脑的灯丝开始接触不良
明天　我又得去看新的医生

下午四点　被塞满

四肢上了发条　在走动
几十年的老街道
呼吸着钢筋水泥
佝偻着喘息
他病得不轻
不搭脉　我也知道

树上结的去年的果子还是很矜持
公交车站上上下下茫茫然然
穿白色球鞋的孩子剪成一式刘海
裤兜里的手　不着急着回家
脏兮兮的流浪狗　尾巴被吃掉
这儿嗅嗅　那儿瞅瞅
在饥饿中试探
迎面走来的姑娘　眉头上扬
快乐还是悲伤
你不可能知道更多
凑得再近　你也只能看到她眉毛的走向
未能盖住的毛孔

至于别的
太抽象　我们只能留给领悟去鉴赏

大脑啊　从没有这么满过
认识的　来路不明的
看得见的　鬼魅的
听得到的　死亡的
飞扬的　堕落的
一股脑挤进来

等等　我好像忘了什么
我从北方踏雪而来么
记忆啊　腾不出空间给他
这儿可是温暖的南方
思维已经　逃之夭夭
泉眼被堵住
河水就要扑上来

我要折回去
为着喷涌　为着泛滥
我要实现平等　让所有其他　和我
一样被塞满

生命从缺口处萌生
落入生活贪婪的口袋
被急剧塞满
唯有死亡
让我们发起反击
让我们光明正大　占得一席之地
想到此　我对他充满了无限敬意

空　无限美好的格局

命运啊　有时候
我宁愿你将我忽略不计

乌鸦成群飞过

必定是曲折的路线么
不可能一眼可以望到终点么
再次声明
趁我还有支撑话语的肋骨
乌鸦的心思
要牵涉更多　布局更缜密
人少的　鬼主意
人群的诡计

当一群群　羽翼渐丰
降临城市的夜空
浓度　让子弹温柔沦陷
缜密　网罗一切

顺眼的　招至腋下
不满的　潜藏杀机
地面塞不进一丝风
高处　招摇着一线生机
我们瞬间　返祖

往上攀缘
这动作　在名利场中早已演练多遍
终于派上用场

乘着风
我们是面目狰狞的幽灵
向着血浆　伸出脚爪

终于抵达角逐的巅峰
黑压压一片
生旦净末丑　大戏法少不了
粉末间　隆重的场面

没有血浆
只有刀子的眼睛
流出我们的血肉
最后　这被瓜分和啄食的命运
挑在眼前

当我们咬牙切齿
当我们将寒意当做布施的厚礼
精湛的演技
让我们幸运地被遴选为黑暗戏法的主角

乌鸦成为导演
我们　将献给尖利的喙
真想知道　我的骨头啃起来
是否清脆

若有这么一天
乌鸦成为导演

别忘了　杀死我
瞄准我最柔软的部位
让我向你们展示纤细的骨骼
请用他们
刺破黑夜
忏悔并恢复及地行走的知觉

印象派

油菜花　徽派
老房子
裸露的山坡　瑟缩
铁丝网拦截
不规则的稻田
一座新坟　扒开一个完整的家
高压电线塔　耸起
翻过这座山　有湖水
有湖水　就可以游泳了

拥挤的植被
亚热带的巢穴
峭壁　还是去年经过时的脾气
腮帮子高高鼓起

白天的月亮　滴着光
柔柔地　走动
蓝房子
把我们裹得严严实实

青色骆驼　雾中缓慢行走

成群结队

不像人

远的　近的

暗暗相连

平行线

来时的床　丁字形
撇开
你走来　把他们推成铁轨
同睡一头
夜晚　收紧脚趾
伸向明天

你以为　躺下
在同一房间
同一边
同一季节
同一山巅
梦就可以相连

别忘了　走过一段路
看看脚底的泥土
是否还新鲜

我们紧抵着的是墙么

还是各自的门
门里面再也来不及的许多匆忙

火车轰隆隆地
把今天送往明天
就在你精心布置的床上
我们失去了交点

周六下午一个荒诞的梦

我们在一起多久了
究竟
我怀疑
我要说的话
曾从你的口中说出
要命的是
只字未改
连停顿的地点都一样

一想到此
我就纳闷
你在南方看海长大
我在北地里亲手埋葬了自己的童年
我的恐惧在冬眠
自从倒下
而你害怕的
波澜壮阔　奔涌而来

这么说来

那迫不及待的春季一来
我就要开始颤抖了
说不定比你还快
这么说来
我们还真相似

左手方向有42座摩天大楼

快捷键时代
只留下一道工艺：
抛光
我庆幸自己躲过一劫
古老　喑哑
为了与我的白桦树合拍
他就要捅破胸膛

按捺住
至少在夏天以前
做个了结

或者燃烧

在此之前
我必须出卖
我的双手　给建筑师
去摇晃人间
亲手堆起眼前的欲念

临冬不落

暴雨来了
我要给你
满天云彩

假　象

我只是厌倦了开灯
厌倦了太过明亮的时辰
那些幻觉
让一个人从生走到死
根本不需要　一辈子

好多的夜晚
我是这样蒙混过关
把耳朵扔在窗外
眼睛镶嵌在天花板
而心啊
早已　跟着风
远走高飞了吧

去
俯瞰一座城市
凌晨四点
快要醒时
她谄媚　低迷的样子

将给我唯一的快感

耳后
意识像蛇滑走
我好像把他们　一一地
又过了一遍

出门的时候
桌子上那杯隔夜的咖啡
喝起来和
闻起来
味道竟然是一样

落　差

墨绿色羽毛的天空
拉着桥的那些只有风的手指
可以拨弄的竖琴
小麦色皮肤　他们
抛锚的老捷达
墨镜　饶有兴致的目光
沉落的江水
打湿的信封
一些挺起的建筑物里昼夜不歇
软绵绵的歌声

路过车祸现场手中抓着分手信的他
大雨倾盆而下
霓虹　点燃又被耗尽的城市
呼吸微弱

你说
窗外没有树
不代表没有鸟儿飞过

是真是假

我说
今晚　对着涌起的江水
可以大声说话　叫喊
骂脏话

辑四 他们·曝光

她的光芒是从下往上
升腾的
就像浮出水面　冉冉上升的
太阳
而他的光芒是自上而下
流泻的
一曰普世　一曰玄妙

而我只能等　一个漫长的夏天

枕边的兔子和羊
梦时
还伏在我的眼皮上
眼睛晶亮晶亮

瞥见你
着灰色毛衫　眼含笑意
向我走来
手腕上　给你系上的铃铛
盈盈亮亮地响

在五月
与我不告而别时
你是那样温柔沉静的孩子
不懂反抗
就地伏法时依然发音不全

我多么渴望
夏日早早结束

可又害怕冬天来得太快
我囤积的温暖
来不及添柴
就将被押送出去
冻死在途中

女　人

女人费劲地拉开楼下笨拙的铁门
灌入秋色中
路过的　彼此
浅浅地
一眼带过
行色匆匆的他们
和这城市的脉搏
长久较量
仿佛
要说的话　要做的事
永远也不嫌多
女人回来的时候
太阳刚露脸
她把布鞋放到阳台上
石榴已经枯了
叶子扑簌着往下落
几根蛛丝挂在
风里

银光闪烁

就在这时候
天凉了
女人收一收鬓角
进屋沏了一壶茶
一直喝到
杯子被日落盛满

戴珍珠耳环的少女

许多身影
打你身边跃过
我分明听到　一声
长长的叹息
绕过耳际
仿佛来自十七世纪的古老墓地
是你
还是讲述你的那只画笔

我驻足　凝视
一个久远的你
悠悠前来　美丽的刺猬
流言靠近
被你一一击破

海蓝拥抱着柠檬
掬起额前坠落人间的焰火
他唤你时
远处的天空

在郃夫特的集市上
在街道　在河岸
在破晓　在傍晚
遇见　重重叠叠的你
最后
在他的眸子里
你一睡不起

所有断裂的画面　捣碎　拼凑
你完整了
拥有不朽的躯体
可也不再是你

最终　真相被埋葬
在墓地

对于美的交集
俨然涌动在
你腮畔的珠光里

诀别

——致艾米丽·狄金森

我从不渴求

你追索的自由

就像我从不肯为死亡而停留

我把自己装扮成一只囚鸟

原始而美丽的鬓角　宣告

我与你诀别

请赠予我玫瑰

哪怕已然枯萎

让我撕开她不再的容颜

看看里面是否还流淌着殷红的血液

我从不羡慕

你苦觅的归宿

就像我从不肯因哀恸而谢幕

我把自己装扮成一只囚鸟

原始而美丽的鬓角　宣告
我与你诀别

请继续你的喧嚣
哪怕天荒地老
我只要退守在寂静就好
奔赴一场又一场自我解剖的盛宴
没有烛火
且让我猜猜　黑暗中
谁将为我沦陷

我从不向往
你慷慨的奖赏
就像我从不肯因桂冠而奔忙

我把自己装扮成一只囚鸟
原始而美丽的鬓角　宣告
我与你诀别

收起你的愤怒　哀伤
一切不过是白白奔忙
因为我的躯体早已消亡
而我的灵魂已然碎裂成诗歌的模样

黑夜是我的良伴

别误会
这并非套盾的小伎俩
而是来自上帝的犒赏

我与你诀别
孑然一世
却得永生不死

我要找到

我要找到
遗留在冬至这一天的
郁郁寡欢

我要找到
被太阳熨烫过的双眼
在永久闭合以前
游离尘叶尖的微弱光线
将泪珠成串　挂满
我们忍不住回头的盛夏

我要找到
获得意志和欲望之前
溜过去很远了的
在爱的血肉中
游泳的姿势
蜷缩透明的小小身子
即将滚落这浮世
而我们整日里手舞足蹈呀　不及他

幽暗处牵动的喜悦

默契不过是落入眼中的沙粒
只需要一阵风　适时涌起
众人的欢笑和独自的哀伤
一同谢幕
转过身
众人穿上独自的外衣
独自说出众人的话语
我要找到第三种身份
我要让无尽的重复胎死腹中

我要找到　你
人间的好故事
一夜读完
吞与吐
让泪腺一次性完成他的使命
欢愉呵　别在这时候纠正我的表情

你盛放在冬至这天
郁郁寡欢
我欢笑
在这命运的黄金分割点

我要找到
可以泅渡一生的床
日日夜夜
永垂不朽

我们就是这样的关系

当我们围坐在一起
从久别重逢的羞赧　到
舌头开始打架
该有的　慢慢发生

静物博物馆　思想的
冲撞　理所当然
白瓷碗　塑料管　还有
此刻跃跃欲试的
碳水化合物

太容易撕破的寂静
热闹的场景　不费吹灰之力
在碳水化合物的生态系统里
天赋失去意义

当习惯将
生活的　光与影
小心翼翼叠放在

深处的褶皱里

总是这样的时候
我们都是即兴表演的好手

敏感的器皿
需要倾倒　填补的太多　太多
我们发动牙齿和唾液的战争
为了亵渎伪善的和平

有什么在深处掠过
我们就是这样的关系
如此亲密
那么　可否告诉我
是时候　把胃和嘴送往庙堂
清洗　剃度
是时候让伏地已久的火舌　蹿出
烧成我们该有的质地

我们往前走
好奇而需索

外面的世界依然明亮

微弱的烛光中
正跳跃出有力的诗行
他们时刻准备造访 黑暗中
冰冷而闭塞的器皿

我期待黑夜的降临
期待声音覆没
真心的 良善的
浴火
期待吐露 聆听
期待赤裸的心高悬夜空

只有具备生命力的器皿
才能获得历史的钦点
被陈列

完整剧情

来了　六个男人
从我的左手边　挤进
长久以来推搡的愤怒
车门瘦了
他们坐下来　风
逃开

就这样
他们霸占了对面整张座椅
夺去了我的眼球　仔仔细细
窗外的风景挡在了外头
我决定　不去探讨他们的年龄

他们身上
很多颜色　吸附着
他们之间
相互信赖的肢体

他们东倒西歪

说着我不懂的话
有时候嘴角悬挂在兴奋的颧骨
有时候又蓦地滑下
布满粉刺的下巴

3D 电影从大荧幕走出
我是唯一忠实的观众
世界仿佛只有车厢的尺寸

这么简单狭小的天地
何时开始
我们不满足于点和面的设计
垂涎着空间
试图打破历史的局限
寻找、建造与自己同等的复杂体系
仿佛维持生态平衡只为求得生存

在剧情中沉迷
手中的书籍已经失去神秘

他们将去往哪里
多少年后
还是对面的座椅

歪歪斜斜地　坐着几个男人
我决定不去探讨他们的年龄
有些事　我们不必透露得那么彻底

掸掸身上的尘土
我还得继续赶路

对于观众我是否关心得太多
据说
奥黛丽赫本　死时
正值芳龄

X小姐来看我

X小姐来看我
挎着一篮子水果
我手腕上那只爆裂的眼睛
昨夜刚巧被闭紧
此时　禁不住好奇
拼命往外挤

围观是主流
人与物毫无二致
瞧　那红色的液体
任谁也挡不住
桌上的苹果　脸色发白

我觉得我在笑
我那只爆裂的眼睛在笑

X小姐表情严肃
她的凳子　像四条腿的
驴

她说：你不该制造伤口
我说：哦
我觉得我在笑
我那只爆裂的眼睛在笑

她说：我们不喜欢看丑陋的东西
我说：哦
我觉得我在笑
我那只爆裂的眼睛在笑

她说：你的衣服太大　骨头太轻
我说：哦
我觉得我在笑
我那只爆裂的眼睛在笑

她说：吻合很重要
我说：哦
我觉得我在笑
我那只爆裂的眼睛在笑

她说：生存和顺序很重要
我说：哦

我觉得我在笑
我那只爆裂的眼睛在笑

她说：天真和怜悯的价格就像面纸
我说：哦
我觉得我在笑
我那只爆裂的眼睛在笑

X小姐　今天还是
打翻了半瓶真我迪奥
她的话难以进入尾调
我觉得我在笑
我那只爆裂的眼睛在笑

空荡荡的房间神经被麻痹
摇摇晃晃地笑：
X小姐走错了地方
X小姐走错了地方

我住在幽深的洞穴
她却踏入这房间

她在尼罗河上淘金

我在希尔维亚城中
寻觅着我的海伦
哦　海伦
特洛伊的女神
你俘虏了那歌颂乌鸦的不朽诗人
美丽犹如
我这天真、多情爆裂的眼睛

埃德加　告诉我
那天上午发生了什么：
哦
风月对峙了声色
也就这么多

凭什么

凭什么鼻子深入脏腑
凭什么眼睛穿透肉体
凭什么晴天可以湿润你的眼眶
凭什么阴雨连绵的日子　明媚得让人睁不开眼
凭什么快乐面对你时　也要忧愁
凭什么悲伤使你毫无破绽

凭什么无视丛林法则

凭什么和时间较真
凭什么忽略霜冻的话语
凭什么天真要向你妥协

凭什么　慢性子
别人离场
你拉开生活的序幕　缓缓走向舞台

凭什么偏爱用沉默来表达
凭什么披星戴月赶路

凭什么和草木交换秘密
凭什么在意树的眉头
凭什么关心一只鸟的叹息

凭什么放纵洁癖由肌肤蔓延至内里
凭什么拎起一双草鞋便出发
去往耶路撒冷

凭什么吃饭时　睡觉时　走路时　自言自语时
留下身边广阔的天地

凭什么胡言乱语
凭什么是
一次　溺水的经历
被爱和善良的手打捞起
还魂后的肉体
必须用魔鬼的方式来呼吸

我总有我的方式

最好错过

我不能再说　哪怕四又三分之一　个
标点
如果你也期待一个完整的圆圈
我愿意吐露全部
适可而止吧　言语和行动
我厌恶自己掉头而走的样子
即便是　面对一堵墙的时候

当你为着我的话语
抓破头皮
当我在心中反复揉搓着你煞费苦心的整齐字迹
不得要领

当我痴迷于阿伦茨的游戏
将他视作传奇
哦　是的　传奇
你也有你的传奇
把玩着权力的色子
将他们掷向历史乘风破浪的高塔

有时候　两颗心
横亘着万水千山　相互倒映
有时候　放在一起
分水岭　在时间的鞭笞下
痛苦地拱起背脊

仿佛　是多么不尽如人意

怎会忘记
一开始　我们相向而行
而如今最好　错过
　　　最好　欠欠身
把倔强折进梦想的扉页
各自朝前走

我知道我还将遇见无数个你
无数次背道而驰的轨迹
无数次厌恶自己
请忘记
我们相互驱逐的事实

这个城市的地铁

在我沉睡之后离去
在我清醒之前归来

我判断不了他的方向
仔细不了他的旅程

卡萨布兰卡之夜

月亮照着半边脸
铁灰骨骼
海盗　独眼
挑逗着未知的凶险
刨木的清香
热舞
天鹅叼着雪茄
湖绿色的烟
来自土耳其还是古巴

是谁走得太匆忙
忘记掐灭这城市的放荡

她们也写诗

从这里
我发现生命的可能
尽管我才走过尴尬的几个秋冬

她也写诗
喷嚏　手纸
有时候骂骂咧咧
偶尔把高跟鞋穿得响亮
巴黎的街头
她的回音抢了时尚的风头

你就是个疯子

奇怪的是
我竟然着了迷
怀旧时爆粗口
优雅地唾弃　还有讽刺
你这个疯子
是啊

我们赶上了一样的年代
干起了同样的勾当

凌晨三点
拉开窗帘
我想试试骨头被照亮的感觉
信不信由你
她也写诗

我还没有想过
意义　这回事
即使　想到了什么
像刚才　也只是
顶着满头的泡沫
冲出浴室　在床头
翻找我的铅笔

而我最得意的是
也有一个人
在良夜
管我叫做小疯子

这件事说来有点长

你太年轻
过早地领悟缠绵
会要了你的命

到底你俩
谁比较狠
在和生活杠上的时候
痛
叫我的头发紧
分不出好歹

我怀疑每一对情侣

吃完饭
他说　再坐一会吧
找个地方

时间　光线
挪动的人群
反正日子这么长
也好

他那张向日葵的嘴

我穿的是黑色长裙
头发盘起
店里的乡村音乐
让我想起那歌手
去年　躺在浴缸里
又一个格莱美被死亡揽入怀中

一个没有爱过的人

在我面前高谈阔论
聊的居然是爱情
然后又切换到商品经济
这让我很窝火
我发誓
有两种东西
不能和我扯上关系
一种是无知
一种是无趣

起身　离座　埋单
穿过玻璃门　扬长而去
动作轻捷　连贯　最适合不过今日的装扮
花了四十秒的时间
把目瞪口呆的权利留给他
不算太坏

看看时间　光线
挪动的人群
涣散
反正日子这么长
那也好过
和无聊歇斯底里

大干一场

有些东西
不堪落入被动的境地

小　瘦

上个礼拜
和小瘦见面
她跟以前一样　好看
那个圈子里
我只承认她好看

她脚上蹬着高跟鞋
当时我正要说
这鞋让你显得很荡
她说　新的　三千多
那句话咽了下去

在咖啡店里
我管老板要乌龙茶　热的
小瘦白了我一眼
那句话死了
就这样
轻而易举地死在了我的嗓子眼里

在候车室里
对面的陌生女人
长着大肚腩
双脚搁在行李箱上
黑丝袜
我讨厌黑丝袜
即使没有破

她的鞋
瞬间　让我丧失了一切好感
在一个如此美妙的夜晚
火车正开往我的城市

没想到看到小瘦的鞋
穿在了陌生女人的脚上
没想到她穿上还很合适
那个圈子里
我只承认小瘦好看
打心眼里

火车开动了
我想起了那年和小瘦
赤着脚　在雨夜　狂奔

如同火柴擦过街道
我们都着了火

如今
我们冷却了
和时间厮混在一起
不去想起
以前的自己

我始终不敢看那女人的脸
我害怕比小瘦要好看

因为一双鞋
我将彻夜难眠

惊　喜

你总有理由把一个
悠长的夏日送去给晚秋
来兜售你的慷慨

你把日子拉长　又剪短
却从不细看
他们看你时的提心吊胆
你只是玩　炫耀
在你身上
孩子的部分
荒谬乔装成天真
在你胁迫火焰逗我们的时候
我们几乎信以为真

是啊
全世界都应该
惯着你　宠着你
依着你的小脾气
因为你把自己当做孩子

不管外面的世界如何风雨飘摇
你只对我们扮鬼脸
那么多的惊喜
我闭上眼睛
一辈子都数不过来

若是你依然不想长大
那么请痛快地告诉我们
好让我们一次偿还

那时
你又可以哭鼻子
把地板踹个大窟窿了
只是　你要记得
再也没有人为你
打扫门楣　清理废墟了

你将在你的荒地上
独自耕耘
在咀嚼收获的喜悦时
我希望你也是含着泪的
就像当初惊喜中的我们

生活给了你一处房子
你可以打开门
请回爱或者怜悯

消　遣

急着把
许久未见的话都倒了出来
基金　和股票
乏味的工作
丢了的
还有那些过去了
耿耿于怀

十平米的房间
唾沫星子四处飞溅

太久没见
真的
我们都渴了吧

看看窗外
暮色将至
好像
死去后我们似乎又活了一次

入夏以来
这里雨水不断
我们一直忙碌着
除开工作
四处寻找水源

又一次打开旧诗集

那么厚的一本
就那么几个折角
坐在凌晨两点的床上
难以对谁表达失望
当世界已经关闭
迫切
有着难以逾越的期限

那天在街上
来去的人群　穿梭的烈日
吵得我快要昏厥
狸狸对我说了两遍：
聊胜于无　聊胜于无
当时我们正在描述什么事件
奇怪的是　四个字
仿佛给了我隐约而持久的希望

比起狼狈和病痛
我更讨厌把琐事写在脸上

扎入人群的心情

所以我在等
一个　不属于我
曾看穿我　却不揭穿我的灵魂
贪婪地期待与他永久地狂欢
即便清楚
具象地叠加　这低级意味的强大
你也在等
连绵的竹海
雨后水花溅湿的背脊
再一次
那么小而重要的一部分
等等

狸狸
我们不着急
你说，好的东西都喜欢与尘世
保持距离
不管怎样
我们还有共同的山水　篱笆
深山处的寺庙　和梵音

喜欢的东西
不能据为己有
就习惯做记号
慢慢地
我们都成了行走的图腾
结痂的斑斓
涂抹着
一些类似的不甘心
一些奋不顾身

被最后一首歌打动

从小到大
睡觉　喜欢挨着床沿
那种安稳又濒临坠落的感觉
戒不掉

我已经
同一天　醒来两次
都是挨着墙壁
我讨厌墙壁
尤其是一整扇的
像是剥离了剧情的电影
背景
冷冷地张开
掏空了故事的血肉
轻易示众

我记得我做了两个好梦
却改变不了被惊醒的事实

我知道
放弃他的那一天
无应之神将来到我的床边
载歌载舞

夜来了
我倔强地睁着眼
点上你戒掉的烟

雨夜，让离别变得矫情

后面的影子也举着伞
就像许多事
重叠了　模糊了
自然地摆布　美妙了他们的样子
台风　比我想象的还来得快

红衣裳
向我挥了挥手
这个夏天最后的精灵
和她一起
总是不觉把目光送往天空
我们之间的细枝末节
绕着年月
逐渐茂盛

距离
从来不是
我们的　距离
我们早已潜伏在

一场渺无边际的战争里
我不担心
结局　这样肤浅的事实

让我们把时间留给
厮杀
把眼泪留给　其他
肤浅的事　不会太多
湿漉漉的小巷
只有我和他经过

倒下
不过是迟早的事
我只是在等
我们弥留时候的天空
还有相似的眼睛

好天　她说
眼睛是两条细细的线

四个月是迷人的幌子

台风、雾气、阳光
这几个月
先替你保管
等你再次踏入这城市
会咧嘴笑了
时间答应我
一一给你兑现

没想到
面对黑暗
你比我狠
曾经试过与他对抗
以最直接粗暴的方式
却遭到拒绝
光　度化了我

而你呢
究竟　在哪个际点
拉开这场道德的战役

最近股市暴跌
终于　有部分人
还是实现了自己的抛物线
A 小姐和 B 先生
爆出了绯闻
MERS 病毒开始
在大韩民国流行

下个月我打算领只狗回家
名字已经想好啦
就叫土耳其
从你那里　我曾了解那个地方的美丽
据说这个秋天将被咖啡色占领
这　风尚!
我们渐渐羸弱时
他越发年少轻狂

其实
还有些故事
打算亲口告诉你

我依然读书、写字、看看老电影

挥霍在这些小事

四个月真是个迷人的幌子

要记得

只取我们那部分

曝　光

倘若招致一场暴雨
浴火的凤凰
重生　依然是个谜

灵与肉之间是一场
摒弃生死的搏击
恰好容得下一对纸笔
最悲惨的结局
不过是
一个被言语的骇浪推至巅峰
另一个沉入海底
这永不对等的关系
从中获得启示
懂得加倍奉还
你这单枪匹马的阴谋家

生活给了你一记美妙绝伦的耳光
顺势你伏在了桌上
让纸笔去

承担一切
持续的痛给你的哽咽
说话已经很难

我贪恋任何形式的青春
以及白天　款款步入黑夜
葳蕤的梦
然而　比起这些
我更渴望你的故事
你的舍弃和
一次次不留余地的反击

只要
还有一人给我如此兔死狐悲的心情
生活就值得我俯下身去
探个究竟

丑陋是你的面具
你穿上粗布衣在田野里驰骋
谁曾想
一个说话混沌不清
左腿笑话右腿的女人
要拿下一个黎明
甚至一个时代的春天